KB111136

주섬주섬

주워 담은 이야기

노보살 일진행의

주섬주섬

주워 담은 이야기

운주사

001

숱한 비바람이 거쳐간
아스라이 멀어진
그 세월 끝에
숫자에 담은 이야기

흩어진 그대로를
잡히는 대로
주섬주섬 주워 담은
늙은이의 이야기

혹여 인연 닿는 이 있어
보고 듣고 행함에
작은 도움이라도
되었으면 하는
소박한 바람으로

별 볼품없는 얼굴을
주섬주섬 주워 담은
이야기로 내놓아보면서

인연 닿는 모든 이의
불연으로 싹튼
가녀린 신심이
무럭무럭 대숲처럼 자라

여법한 불자가
되었으면 하는
간절한 마음도
함께 담아봅니다

002

나에겐 유달리
불연을 즐겨 읊는
습이 있기에

불생 가비라
성도 마갈다
설법 바라나
입멸 구시라

이런 대목이 큰 기쁨으로
한 가슴 가득하니
어느 하루 한 순간도
괴로움이 머물지 않는다

그가 끼어들
틈이 없는 것이다

003

반짝 팔베개로 쉬는
그 짧은 순간마저도
깜짝 놀라 멈추게 된다

이런 것이 통째로
내가 지은 금생의 과보인 것이다

나는 왜 시간을 다투며
그렇게 살고 있는지

미처 나 자신도
알지 못하는 일이다

004

하지만 그 기운으로

하고자 하는 온갖 일
골고루 망설임은커녕

감당해 냈던 지난날들이

나 자신 스스로
뿌듯할 뿐이다

005

어언간 여든을
훌쩍 뛰어넘은 지금

가슴 훈훈함을
그대로 그려낼 수 없음이

조금은 아쉬움으로
내 곁에서 서성거린다

그마저도
뛰어넘어야 할
이 마음을
뒤적거려본다

006

지금 다시 돌이켜봐도
바라밀행 어느 하나
방일하여
소홀하질 않았으니

후회할 일 전혀 없어
스스로 감사히 생각하며

가슴에 새겨 담긴
오늘을 살아가는
아름다운 추억들은
세월이 갈수록

실상의 장엄으로 살아나네

007

흩어진 마음
주섬주섬 거두어 담아

산사로 향하던 까마득히 멀어진
지난날이 마치 지금인듯
눈앞에 아른거린다

보아하니 바로 그때가

나의 다시 태어남이 아니었던가
하는 생각에 사로잡혀 본다

008

어느덧 아흔의 벼랑
가파른 중턱을 오르는 노파가 됨이
꿈을 꾸는 듯한 현실이 되어

엊그제 같은 젊음이
나에겐 없었던 듯
무상 무상이 겹겹이로다

세상사 형상을 가진
수천 수수만상은
어느 하나 실상이 아닐세

009

가야할 기미는 보이지 않아
잠들기 전엔
불행이 아니라
조금은 불편한 마음이다

세상 것 모두는
시간가고 세월가면
무너지기 마련이라

내 것인 양 아끼고 사랑하는
이 육신 또한 내 것 아니로니
만약 내 것이라 이름하려면

있는지 없는지조차
가름할 수 없는 단 하나
마음 이것뿐이리다

010

지금 내가 가진 모든 것을
내 것이라 착각 말지다

올 때 가져왔으면
혹여 내 것일 수도 있겠지만

우리는 모두
빈손으로 오지 않았던가

탐진치 모두 거두어
청렴히 살고 가세

명주솜 같은 가벼운 삶이
우릴 마중해줄 것일세

두덕두덕 욕심 부려
오는 생에까지
때묻혀서야 쓰겠는가

부처님 법 안에서
이 육신 벗기 전에

마땅히 모든 업장 소멸하여
세세생생 날 적마다
많은 복락을 누릴 수 있도록

오늘을 휘어잡고
젊음을 불살라
정진하세 수행하세

마하반야바라밀

밤낮이 돌아들고
사계가 돌아드는
그 속에서 중생들은
그 자리를 지키다가

어느 날 갑자기 멈추면
생을 닫는 날이 된다
참으로 보잘것없는
한 생이 된다

정신 차려
오늘을 헛됨없이
꼭꼭 다져
실속 있게 살고 가세

013

밤새 안녕을 알지 못해
천년만년처럼
생각하는 오늘을 살며

무상을 어깨너머로만 바라보는
형상에만 치우친 삶은
어느 날 갑자기 허무에 빠져든다

미리미리 무상을 알고
여한없이 살고 갈 수 있는
지혜가 마땅히 필요하다

014

밖으로 온갖 것을 찾아
헤매지 말라
모든 것은 마음 안에 있나니
찾아 헤매면 지치기 쉽나니라

가없는 마음 안에
이 우주가 다 들 수 있는데
어느 무엇인들 들지 못하랴

이름 있는 세상 것 그 모두를
마음 안에 두고서
만약 헤매어 찾는다면
한 순간에 그 모두를 잃게 된다

015

탐진치 번뇌망상
제 아무리 날뛰어도

마음따라 일어나고
마음따라 사라지나니

이 마음의 작용이 가없어

이루지 못함이
추호도 없느니라

이 마음 하나 크게 열고 보면
비움도 채움도 찰라일세

도행하면 도요
역행하면 역이라네

016

추분을 지난 며칠 후
오후 여섯 시가 되면서
어둠이 밀려들며 낮이 많이 짧아져
이 가을을 재촉한다

가고 오고 보내고 맞는
이것이 삶이라는 것을
새삼 느끼면서
더 참되이 살고 가야 할
묵직한 마음이 된다

철없던 시절
불법을 만나기 전에 비유하면
그래도 지금은 잘 살고 있는 편이지만
좀더 다지고 올라설
넓고 큰 마음을 일으켜 세운다

가는 날에 후회함은
버스 지나간 뒤 손들기다

017

이 마음 안에
충만이 가득 채워지면

세상을 바라보는
눈이 달라짐으로

스스로 모자람이 없어
갖갖이 괴로움이 돌아선다

한 생각 오롯이
실다움으로 살고 가세

018

나 자신이 온갖 불만에 떨면
자연히 한기가 들기 마련이다

이 마음 하나 잘 다스리면
세상 것 무엇을 못 담으랴

빈부귀천 마음대로 담으리다

우리 모두 충만을 가득 채운
삶을 누려지이다

019

일체중생 미혹없는
바른신심 견고하면
장벽처럼 쌓인업장
봄눈녹듯 녹여내어

선인선과 바른길을
원만하게 행하여서
일체중생 너와나가
모두함께 성불하세

끊임없는 정진으로
무상보리 갖추어진
청정원만 수행이면
반야지혜 밝아오리

부지런히 정진하여
실상의힘 여법하게
쌓인공덕 충만하면
모두함께 성불하리

020

부를 으스대면 복이 줄어들고
부질없는 말에는 복이 새어나며

나눔에는 복이 쌓이고
베풂에는 복이 모여드나니

항상 마음에 새겨 담아
여법히 진중하게 행할지다

이것이 곧 내일을 위한
진 방편이자 복지음이리라

때에 사랑이 사랑을 부르며
인품이 넉넉하여짐으로
풍성한 삶이 성취되느니라

021

개똥밭에 굴러도
이승이 좋다는 말

죽기 싫은 그 말이 아닌가

둥글둥글 원만한 삶이라면
그까짓 죽음 앞에
무슨 두려움이 있으리요

복덕이 구족한 내생을 만날 텐데

왜 하필이면 개똥밭이라오
안심하고 원만행을 행할지어다

022

소중한 인연으로
사람몸 받아와서

더더욱 소중한
부처님 법 만났으니

소중한 이 몸 벗기 전에

소소영영 마음 밝혀
여법하게 행하면서

아낌없는 한생을 바치오리다

023

꿈속처럼 스쳐가는
한생의 소중함을

강물이 흘러가듯
바람이 스쳐가듯

미처 알지 못함은

참으로 소중함을 가로막는
어리석음 때문이리라

024

긴세월 쌓아올린
정진과 수행이란
그이름 하나로서

억겁을 찌든번뇌
겹겹이 쌓인탐욕
순순히 밀려나고

깊넓은 마음되어
한세상 바라보니

사랑이 모여들고
기쁨이 찾아들며

갖가지 괴로움이
스스로 떠나가니

미래는 밝아오며
행복이 밀고드네

한생각 일어남이

한가슴 채워주고
한마음 넓혀주어

오늘을 기다린듯
쌓여진 무상보리

거두어 펼쳐보니
한세상 머문삶이

꿈인듯 흔적없네

기다림 놓아가고
만남도 잊어가니

장엄한 주름살이
한생을 지켜온듯

그모습 드러내며

이렇다 소리내어
뻐길일 전혀없이

망상의 헤맨길이
멀고도 멀었더라

이제사 만나보니
세상사 하나하나
묵묵히 지켜온길
그모두 도일레라

오랜날 숱한방편
눈감고 술래잡기
그세월 있었기에
오늘이 도래되어

한아름 벅찬기쁨
한가슴 차오르니
행복이 따로없네

이모두 충만으로
영그른 내가닦은
금생의 과보일세

027

모쪼록 모든중생
불법을 만났을때
핑계와 게으름을
당당히 이겨내고

억천냥 진금같은
큰마음 앞세워서
오늘을 행할지면
그모두 도행이라

온정성 다바쳐서
불연에 감사함을
한순간 늦춤없이
여법히 닦아가세

바른생각 바른마음
바른눈을 뜨고보면
그곳바로 광명천지
바른큰길 열렸는데

흐린마음 눈으로는
넓고큰길 열린것을
볼수없는 형상이라
안타까움 그지없네

생각생각 여법하게
마음눈을 뜨고보라
마음문을 열고보라
그곳바로 대도니라

029

마음따라 일어남과
마음따라 사라짐이
일체중생 그마다가
근기따라 다르나니

일념정진 앞세워서
근기대로 수행하면
곳곳마다 대도니라

가도가도 끊임없는
넓은큰길 막힘없어
행불행을 마음대로
골라잡아 지니리다

030

하루를 백년처럼
백년을 하루처럼

그 소중함을 알지 못함은
이미 지어진 과보일진데

속속 불법에 귀의하여
진여의 소중함을 가슴으로 느껴보라

막힘없고 걸림없어
누구나가 다가갈 수 있는

대문 없는 큰 문이
밤낮없이 열렸느니라

031

지금 이 몸으로

진공묘유가 머얼고
무생인이 아니더라도

크게 발심한 신심으로

이 마음 잘 닦으면
존귀한 새 몸으로
다시 태어남일 텐데
얼마나 다복한가

끊임없는 정진으로

이 마음 닦아가세
심선탑을 쌓아가세

032

인연이란 오묘함이
지음없이 도래될까

산골법당 다녀오는 길에
동서울터미널에서
먹물바지 인연으로 만나

휴휴암에서 삼박사일간
함께 머문 도반
필히 어느 생에서
서로 아쉽게 헤어진 인연이
깃들였으리라

계절마다 잊지 않고
안부를 물어오고
마음으로 걱정하고 보호해주는
아우 같고 딸 같은 도반

원거리도 아랑곳없이

그후 휴휴암에서 다시 만나
신묘대다라니 삼천정진의 기쁨을
함께 누렸지요

늘 잊혀지지 않는 도반
서문자 보살님
사랑합니다 부디 행복하소서

033

사십성상 닦은 마음
사십성상 자란 마음

불도량이 따로 있지 않아
이 마음이 바로 불도량일세

지혜와 자비로 영글어
불가사의하게 자란 신심은

강물처럼 흘러
실상의 법 바다로 찾아드네

보이는 것 들리는 것
그 모두 마음의 충만이며
실상의 충만이었네

034

이 마음 머무는 곳
찾아낼 수 없어도

묵묵히 그 마음 일으켜

일체중생 너와 나가
결정적인 업장마저 소멸되어

보름달마냥
원만한 삶이 누려지기를

옴바라 마니 다니 사바하
옴바라 마니 다니 사바하

기원하는 이 마음
가없는 기쁨 기쁨이로다

035

산다는 것 정말
별것도 아닌데

미리미리
한생각 깨어나서

넉넉하게 선심쓰며
지혜롭게 살다가세

선업지어 누굴 주며
악업지어 누굴 주랴

그 모두는 자업자득이라
마땅히 지은 자가 주인이리라

036

만약 흙 없는 분에
뿌리 없는 나무를 키울 수 있다면

번뇌 망상을 몰아 강물에 띄워
바다로 보낼 수 있다면

저 허공을 힘껏 껴안아
포옹할 수 있다면

나 없이도 이 세간에
존재할 수 있지 않을까

형상세계와 실상세계마저
자유롭게 넘나들 수 있지 않을까

화엄경에 원만구족한
충만으로 가득 채워진

보현보살 털구멍 속에
부처님 법바다를
아련히 떠올려본다

보리심의 광대한 힘이
불법의 대해 중생계의 대해에

저 허공계처럼
가없이 번져지이다

대방광불 화엄경
대방광불 화엄경

닫힌 마음 걸린 마음
찌든 마음이 한마음되기까지

인내의 난행고행이
조복된 심신을 키워내어

매사에 몸따로 마음따로
거역함이 없음은

사십성상 수행 정진한
그 힘이 아니고 무엇이랴

하루하루 세월이 갈수록
옹고집 같았던
나 자신에 대한
고마움으로 살아간다

039

한 아낙의
가녀린 신심이 아니라

시방 허공의 끝을 찾을 수 없는
그와 비슷한 신심이지 않았던가

소중했던 순간순간마다
수미산에 꽂은 듯한
마음의 깃발을 바라보면서

어느 하나 거역하지 않았던
난행고행의 그때 그 시절이

지금을 아름다운 추억으로
자리매김 하고 있다

040

미세한 들꽃에서
실바람에 이르기까지
사소한 아주 작은 것에서도
사랑이 깃들임을 느끼며

그 모두가 함께
살아가고 있음을 인정하는
그 마음이 되기까지
강산이 몇 번이나 변했던가

명상으로 다시 만나보는
까마득히 멀어진 지난시절
역시 잘 살았노라
잘 보냈노라

흐뭇함으로 가슴 뿌듯하다

정유년 윤오월을 맞아
어떻게 달리 보낼 수는 없을까
생각끝에 사랑하는 두 도반께
오백주를 만들어주고

오십사주를 부지런히 만들어
필요로 하는 도반들께 나누고
아직 여분을 나누는 중이다

아주 작은 것에서
큰 기쁨을 느낄 수 있는

소중한 내 마음을
알뜰히 아끼고 사랑한다

042

옛 사람들이 흔히 말하던
양반의 땅 선비의 땅인
안동을 다녀왔다

큰딸이 엄마와 이모를 데리고
안동댐을 시작으로
월영교 보조댐 본댐
전망대를 돌아보고
탁 트인 가슴으로 유람선에 올랐다

안내자 설명에서
보조댐은 일미터에서 육미터
본댐은 십미터에 육십미터
라는 설명을 들었다

다음날은 세계유산인
하회마을을 시작으로
도산서원 군자마을 병산서원
고산서원을 돌아보면서

옛 선비의 땅인 그곳엔
그분들의 흔적이
고스란히 남아 있음을
확연히 느낄 수 있었다

043

멀리 원주에서
사랑하는 도반이 소포를 보내왔다

외국에서 딸이 보낸 것을
다시 나에게 보낸 것이다

멀리서 온 것을
다시 멀리까지 보내온 소포
잘 받았습니다

선재보살님
내 이 두손 합장 올리며
고맙습니다 감사합니다

044

지난겨울 어느 날
네시에서 다섯시까지
새벽예불을 끝내고

따뜻한 이불 속에
다시 누워 보았더니
달콤하고 짜릿한
행복이 만만치 않았다
그것이 늙음이었던가

그대로 육신의 눈을 감은 채
호흡을 멈추는
순간이 될 수 있었더라면

얼마나 좋았을까
얼마나 더 행복했을까

045

보내고 맞는 절기를 알리는
동지를 맞으니

나이 한살 더 늘어날 것임에
백세 시대란 용어가 두렵다

부처님께서도
여든을 넘기시자 생을 마치셨는데

몹시 안타까움은
태어남은 늘지 않고

수명만이 늘어나는
현실이 걱정스럽다

한 해를 보내고 맞으며
새로이 시작하는
삼십만 대다라니 서원으로

이년간 대발원에 들어선
할미의 기원으로
나의 장손인 효정 군이

하고자 바라는 모든 일이
원만성취되기를
잔뜩 모아 담은 이 서원에

한점 티 없기를 바라며
또 한 해를 보내고 맞는다

047

동녘이 밝아온다

많이 들은 것만으로
많이 아는 것만으로는
불법의 진수가 아니다

여법한 행이 절실하다

아주 작은 것에서도
크게 기뻐할 수 있는
수행자의 보배로운 마음

다시 구함이 없는
광대한 마음이라면
부족함이 무엇이겠는가

진정 도가 따로 있을까
여법한 행이면 도가 아닐까

만약 중생들이 생각하는
도가 따로 있다면
어느 한 곳에
진을 치고 모여 있을까

많은 사람들이 찾아 헤매니
혹여 미흡하고 나약한
도행자를 만날까
숨어 있는 것은 아닐까

도 찾아 헤매는 자는 무수한데
만나는 자는 몇몇이나 될까

번지 없는 곳에 높은 담장을 치고
진정한 도행자를 기다리는 건 아닐까

049

도대체 도의 실상은
어느 쯤일까

김진태 님이 쓰신 책

물속을 걸어가는 달에서

나없이 위대한
수월스님 같은 분이실까

050

여법한 일상을
도라고 하기엔 약간의
과분함이 있을 것 같으나

먹고 배설하고 잠자고
깨달음으로 가는

청렴한 행이야말로
오늘날의 도가 아닐까

도 멀고도 가까워
알기도 어렵고 모르기도 어렵네

051

이른 새벽 하루를 열고
속속 채워가는 일념의 시간들

충만으로 실어나르는
고귀한 순간순간마다

진여의 말씀 사려담긴
부동한 이 마음도

행여나 요동할까
어느 한 순간도

정진의 끈을 늦추지 않는다

052

사람몸 받기 어렵고
불법 만나기 어렵거늘

다행하게도

사람몸 받아와서
불법 또한 만났으니

핑계와 게으름을 몰아내고
부단히 정진할지다

보리 심어 보리 가꾸어
보리 수확하기까지

시간은 나를 기다려주지 않는다

봄 여름 가을 겨울
조화로운 사계를 보라

마음 없이도
얼마나 아름다운가

인간은 복되게도
신비로운 마음을 지녔으니

사랑을 바탕으로
그윽히 향내음 풍기며

보다 아름답고
바람직하게 사노라면

대자연도 마땅히
인간을 우러러 숭배하리라

시간 가고 세월 가면
인생 또한 어김없이 따라간다

업행만 차곡차곡 쌓여지고
한생이 마감되는 것이다

어찌 방심하랴

마음 저울 위에 마음 거울 앞에
항상 다가 있어

헛됨이 끼어들지 않게 할지다

055

다정다감한 좁은 공간에서
나의 소중한 즐김으로

소리소리 온몸으로
외우는 신묘대다라니

그 탄력 받은 열기는
펄펄 끓는 듯하다

지난 연말에 시작한
삼십만 대다라니

초초가 멈추어 있지 않아
십만 다라니를 넘어섰다

시작이 반이란 말을 초월하여
내게 이룸을 재촉하는 듯하다

056

도란도란 즐겨 수행하는
나의 도반 성덕도 보살님

언덕을 넘어서 물을 건너서
어렵사리 만난
지중한 인연인 우리 두 사람

오는 생에서도 필히 만나리다

부디 온 정성 다 바쳐서
넘넘 정진하는 알찬
수행자가 되십시다

나 당신을 사랑합니다

057

수행이란 값진 삶으로
세세생생 알게 모르게

빚진 것을 금생에
능히 청산하고 가는 듯한

홀가분한 마음으로
훌훌 떠날 수 있으련만

아직껏 그날이 도래되지 않아

정진으로 서원하는
나의 크나큰 염원이

기다림으로 지치지 않았으면
얼마나 다행할까

058

망상과 착각 속에서
역의 삶이었더라면

돌이킬 수 없는 지금
얼마나 후회로운 심정일까

이렇게 여유로운 마음으로
만끽하는 희열을 토해낼 수 있음도

불법에 순응할 수 있었던
진금 같은 댓가이지 않을까

늘 감사함을 여미며 산다

호화찬란한 욕심세계에서
헛됨을 따르지 않고
실다운 행으로 충만을 누림은

사십성상을 오늘하루처럼
끈질긴 정진의 힘이렸다

생각생각 이 마음 찾아내어
꼭 껴안아 주고 싶어라

060

불법을 만난 후 다행히도
신구의 삼업의 조복으로
허상에 머물지 않는 나의 일상생활은

근검절약으로 먹는 것 입는 것 역시
전생에 못다 함을 채워가는 마음
찰라 찰라를 소홀하지 않으며

돌다리도 두들겨 건너는
소박한 삶의 흐뭇함을 안고
이렇듯 현명한 진리에서 산다

비록 육신은 낡아 무너져가도
선을 골라 담은 이 마음이 있기에
조급하지 않아
넉넉하고 푸근함으로 여유롭다

점점 더 넓고 큰 마음 일구어져

보리 심어 가꾸어진 보리
거두어 나눔으로

초초마다 늘어나는 환희심은
하늘가처럼 번져가네

내 그 마음 잃지 않고
언제나 함께 간다

062

만리장성처럼 쌓여가는
정진의 힘 그 신심으로

중생계를 굽어볼 수 있는
불자가 된 부동한 이 몸으로

온갖 망상의 사슬을 벗어나
일어나는 한 생각 생각마다

그 마음이 그지없이 편안함은
실상의 무한 보배이로다

063

지금 나만의 작은 공간에서

사계를 안거 결재에 든 듯한
꽉 짜인 빈틈없는 일과로

띄엄띄엄 걸려오는 전화와
찾아오는 도반들을

반겨 맞으며 한아름 기쁨으로
오늘을 보내고 내일을 맞는다

064

행이던 불행이던
이미 지어놓은 운명에선
탈출할 수 없나니

잘 받아 지혜롭게 넘기면서

새로운 운명 짓기에
방일하거나 인색하지 말지다

마음 크게 늘려
바라밀행을 앞세워서
부지런히 정진할지어다

065

바늘구멍으로 황소바람 들어온다는
옛 말의 비유와는 달리
우리 마음 마음마다
진여의 실상으로 채워지면
형상에 걸리거나 묶이지 않아

이 우주를 다 담아도 남음이 있는
광대한 그 마음
얼마나 거룩하고 위대한가

하루는 쏜살같이 빠른데
무엇에 매달려
애착하고 집착하랴

선을 찾아 행하며
환희롭게 살고가세
가는 날에 후회함은
가슴만 답답 이미 때는 늦으리

고맙습니다
감사합니다
사랑합니다로
키운 사람 자란 사람은

그 인성이
고맙고 감사하고
사랑할 수밖에 없죠

딱딱하고
꼿꼿하고
착잡하게
키운 사람 자란 사람은

그 인성이
딱딱하고 꼿꼿하고
착잡할 수밖에 없죠

인생 일장춘몽인데
티없이 밝은 삶이 되어

가없는 그 마음으로
혼탁한 세상 맑혀지이다

우리 모두 사랑을 바탕으로
폭넓은 삶이 되어

매사에 인성이 구족함을
양껏 키워갈지어다

어제 저녁 늦은 시간에
딸이 지어온 찹쌀밥을 먹었기에

오늘 아침엔 사과 반반쪽에
미숫가루 한 컵을 마시리라

낮에는 역시 딸이 만들어준
간장 왕새우 전복장으로

흰 햇반에 비벼
맛있게 먹으려 한다

너들의 진 마음에
이 어미 가슴 뭉클하구나

069

나의 지금은 다사다망했던
한생을 마감해 가는 즈음이다

날렵했던 육신은
지팡이의 힘을 빌리게 되고

몸을 중심잡기에 소홀할 수 없으니
타에 짐이 되는 이 몸으로

밖으로 찾아 나서지 않는 것이
늙음으로써 유일한 상책이리라

스스로 알고 행함이
늙음의 티없는 진 행이리라

070

나의 운명의 나룻배
고해의 세파 험난해도

내가 만든 나룻배이기에

지금 오늘이 있기까지
인내로 노 저은 그 세월

잘 참아 견디어 옴은
불연으로 키워낸 힘이었었네

어찌
부처님 은혜에 머뭇거리리요

내 머문 곳에
새벽마다 어김없이 피어오르는

연꽃모양 옥 향로에
가벼이 나르는 향연 따라

끊이지 않고 묵묵히 이어진

기나긴 정진의 끈으로

어둠을 밝혀낸 지난날들을
가슴에 담아 소중히 안고 산다

이 육신 벗어놓고 갈 때도
소중히 안고 가렵니다

무지와 지혜
어둠과 밝음
행과 불행이

공존하는 업의 과보를 깨달아
선행을 가려 행할 수 있음은

진불자로서

스스로 위대한 존재임을
양껏 만끽할지어다

073

어언간 환갑에 이른
아들 딸 며느리들이

엉거주춤 저들을 바라보는 어미를

두 아들은 주춧돌처럼
묵묵히 지켜주고

두 며느리는 그에 따라
보살펴주며

두 딸은 엄마이듯이
골고루 챙겨들 주네

이 핵가족 시대에
큰 고마움을 느낀다

유수 같은 세월은
보호해주던 이 몸이

어느 한 순간에

보호 받는 몸으로
돌아서고 말았네

세월이 정말정말
이렇게도 빨랐던가

샛별처럼 눈이 반짝이는
친손 외손들은

만날 때마다 심심찮게
용돈을 주면서

정답게 끌어안고
이 할미를 기쁘게 해준다

이 할미도 너들 모두를
사랑한단다 고마워…

076

어언간 늙음이 찾아와

사십성상을 장엄했던
우람한 터널을 벗어나

들어앉은 자리 머무는 자리마다

충만이 가득하게 빛을 발하는
진 보물 진 보석들이었네

옛이 아닌 지금
이 시대를 망각케 하는

나의 혈연들과 주변 인연에
가슴 뜨거운 합장으로
가없는 고마움을 보낸다

077

영롱한 무지개 빛
그 아름다움을 넘어서
지난날을 다시금 돌아보게 되네

난행고행의 그날들이
실상의 진퇴비였음을 문득 느끼며
신심의 농도는 점점 더 짙어져 간다

태양이 밝아 있듯 오늘의 밝음으로
탐진치를 이겨낸 심신이
멈춘 자리에 노을빛이 아름다워

이대로 한 세상 멋이 있게
멈출 수 없음이 잔뜩 아쉽기만 하다

078

사십성상의 가파른
정진과 수행이란 이름으로

육신의 조복
핑계의 조복
게으름의 조복을

모조리 받아낸 오늘의 나

물러나지 않는
확고한 신심이 되어

어느 어디 무엇에도
저해 받지 않는

대 자유인이기도 하다

079

글로도 말로도 그 무엇으로도
다 내놓을 수 없는

무너지지 않는
정진의 그 큰 힘들이

나를 에워싸고

사방팔방으로 보호하여
영원으로 함께 간다

누구나가 다 그럴 수 있는데도
누구나가 다 그럴 수 없음이

아쉬움으로 맴돈다

세월 가니

앞서 온 사람은

모두 옛 사람이 되고

세월만 흘러남아

바다에 파도처럼

밀려오고 밀려갈 뿐이네

081

나지 않으면 죽지 않고
죽지 않으면 나지 않는 도리를

만약 일체중생 모두가
잘 닦아 행하여

수수억만만 중생들이
윤회에서 벗어난다면

이 지구상은 어떻게 될까
본래대로 원시로 돌아가겠는가

세상사 모두가 생각만으로는
한 자락의 꿈일 뿐

행하지 않는다면
번뇌망상에 불과하여

실상에 이르지 못함이라

이론으로 불법에 통달한들
행함이 없이는

한낱 지식에 지나지 않을 뿐
지식 그가 지혜를 앞지르지 못한다

세월이
아무리 멀어져가도

세상 것에
현혹되지 않는 삶에는

금강 같은 신심이

희유하게도
줄줄이 늘어만 간다

신심이 신심을
끊어 드리기 때문이다

084

신구의 삼업에서 벗어나
육근이 청정하면

심신 또한 건강하여
순으로 세상을 바라보게 되니

보고 듣고 만남의 사연들이
어찌 순조롭지 않으랴

한 생각 생각마다 점점 더
견고한 보리심으로 뻗어간다

085

매사에 탐착함을 두지 않으니

한생각 한마음 이 한몸이

어찌 편안하고 여유롭지 않으랴

이러히 진리에 순응하는 삶이

보배로운 본래의 자리가 아닐까

086

허무를 접고
무상을 앞세워

중생계를 바라보니

가슴은 더욱 넓어지며

마음은
허공처럼 가없어진다

087

물러섬이 없는 오늘 오늘마다

충만한 나날이 되어

불철주야
소홀함이 기웃거리지 않아

광대한 법계와 같은 마음으로

이 세간을 바라볼 수 있도다

088

헛됨에 끄달리지 않고

진여의 실다움에 머물려거든

정진에 게으르지 말라

정진하지 않으면

유익함을 따르기 일쑤이다

우리 모두 정진하는
진 불자로 성숙하여지이다

089

오늘은 첫째 내외랑
광양 매화축제 먼 거리를 다녀왔다

가는 길에 점심공양은
섬진강변 재첩국정식에
간장게장에다 벗굴까지
아주 맛있게 먹고

현지에 도착하니
수수백대의 관광차량에
실려온 인파는
인산인해를 이루었다

온 야산을 장엄한 매화로
축제 마당은 온통 야단법석이었다

한 바퀴 빙 돌면서
옥수수 과일즙 등 간식으로
이른 봄 나들이 즐거운 하루

행복한 나들이 길이었다

돌아오는 길은 남해를 한눈에 보며
해가 저물어 귀가했다

내 아들아! 내 며늘아! 고마워…

090

세상 것 다 가져봤지만
진정한 내 것은 아무것도 없었다

이 마음 하나 잘 다스려 가짐만이
영원불변의 내 것이다

오직 이 하나만이
한 생에서 살고 남은 보다 큰

무게도 부피도 없는 진 얼음이자
불법의 진수였네

091

아끼고 사랑하며 내가 지니던
온갖 것 모두 마땅한 주인 찾아

나누고 줄여서 텅 빈 자리
돌아들 때마다 흐뭇한 이 마음

내 것이 무엇이며
내 것이라 이름 적혀 따로 있었더냐

세상 것 모두 내 것이었으며
세상 것 모두 내 것 아니었지

092

아! 무상 무상 그대시여

그대는 진정 짝 없는 거룩함이기에

흰 머리에 주름진 모습으로

이 두손 정중히 모아

합장 고개 숙여 우러릅니다

아스라이 바라보이는
불세계의 아름다움에
도취된 이 마음이 있었기에
그렇게도 쉼없이 쫓아왔었다오

목마르게 쫓아온 길
가쁜 호흡 쉬어 돌아보니
난행고행의 가파름은
숨은 듯 흔적 없고

좌우로 아름다운 연등불만이
불세계를 환희 밝혀주는
탁 트인 문 없는 문이 열린 대도였네

나의 종착지가 여기였었구나

무겁지도
거추장스럽지도 않은

이렇게도 부담없이
가벼운 진여의 삶을

이 세상 모든 이가
골고루 갖지 못함이
몹시 아쉬움으로

줄줄이 매달린다

이 마음마저 떨치려면
아직도 먼 나인 것이다

095

도가 멀리 있지 않고
해탈이 멀리 있지 않을 것이다

하지만 찾아 헤맨다면
멀고 멀고도 멀어질 것이 아닌가

세수하다 코 만지기란
말이 있었듯이

어렵게만 생각할 것이 아닌가 본데

만약 어렵게만 찾는다면
막연한 일이 아니겠는가

중중 노력으로도 영영
만나지 못할 수도 있지 않을까

096

세상사연 모든 집 애착 내리고
저 하늘가 허공 끝을 바라보라

그보다 넓고 큰 마음이 있는데
그 속에 무엇이 없으랴

부처님이나 중생이 모두

이 마음을 떠나지 않고
깨달음을 이루셨나니

마땅히 해탈이나 도가
이 마음 안에 있을 것이로다

부지런히 정진하면
지혜 또한 어느 한 순간에

영롱한 태양처럼 떠오르리라

세간의 지식을
지혜로 대변함이 되니

그렇게도 존경스럽던 세간지식
그 앞에서도 너무나 담담하다

098

이 생에서 아직은
진공묘유가 아니어도

이 세간에 다시 와서

지혜의 등불을
태양처럼 밝혀보고 싶다

그런 다음에

일체종지에 이르리란
그 마음이 대숲처럼 무성하다

간단없는 정진으로
그 뜻을 이루려는 마음

금강 같은 대서원으로
어느 하루 늦추어 쉬지 않는다

시종이 분명한 나의 일념은

예나 지금이나
불 지핀 성화처럼 꺼질 줄 모른다

100

얼굴 없이 찾아오는 한 통의 전화

그 목소리에 마치 찾아온 도반처럼
더없는 반가움으로 맞는 나

들어앉은 지 삼년째로 접어들어

잊혀져 가는 도반들의
목소리나 모습에서 얻어지는

비유할 수 없는 기쁨과 행복을 만난다

그대들 고마워요 감사해요

지난겨울의 한파는 날이 갈수록
인간이 만들어가는 지구상에서

대자연이 밀려나듯
나약해짐을 느끼게 한다

예로부터 동절기에 쓰이던
가장 아름다운 삼한사온이란 용어가

전설 속의 이야기마냥
사라져만 가고 있지 않은가

102

만법을 본인 기준에서만
전하는 가르침은
얕은 근기(신심)로는
오히려 헷갈리기 마련이다

부처님께서는 어느 하나만으로
수행이라 말씀하시지 않으셨다

중생들이 각자 지닌 근기 따라
알맞은 수행이면
속득할 수 있으련만

이말 저말에 헤매면
세월만 보내나니
너무 말이 많은 수행법은
오히려 더 멀어질 수도 있다

일체가 마음 안에 있으므로
밖에서 구하려 애써 찾지 말라

일념이면 곧 일체종지에
이를 수 있으리다

깨인 수행자라면
내 안에서 찾아내어
행함이 가장 현명할 것이다

103

팔만대장경을 달달 외워도

정진이 따르지 않고
행이 따르지 않으면

불법의 진수를 알지 못함이다

지식만으로는

지혜와 거리가 멀기 때문이다
갖추어 노력하면

얻음 또한 갖추어 얻으리라

104

세상 모든 사람들은
돈을 좋아하기만 하고 싫어하질 않는다
세상사 약해서 말하면
돈에 울고 돈에 웃는다

형상세계에서 욕심을 벗어던지고
복을 짓는 것이 가장 돈에 가까운
길이 아닐까 생각한다

돈 그는 눈도 귀도 손도 발도
그중 하나도 없는데
많은 사람들은 돈이 자기에게
찾아오기를 바란다

돈 그가 사람을 따라야지
사람이 돈을 따르는 법이나
방편은 이승에도 저승에도 있질 않다

형상세계에서 지은 복이 없이는

실상과 가장 근접해 있는 것이
바로 돈이기 때문에 짓지 않은 복을
마음속으로라도 그리워하지 말라

애써 복을 짓고 받는 것이 순리라
그것이 가장 현명한 삶이자
돈이 찾아오는 길일 것이니라

하지만 돈 그도 역으로 끌려갔을 땐
때에 따라 변신하면
폭탄이 되고 벼락이 되는
억척스러움도 반드시 있을 것이다

105

오늘의 나들이 길은
첫째 내외와 진해 해변로를 끼고
흰돌메공원을 찾아 나섰으나

많이 걸어 올라가야만 하는 곳이어서
아래 쉼터에서 즉석 망고 주스
한잔씩을 가뿐히 마시고

나로선 말로만 들은
가덕도 일주를 하면서 전망대에선
멀리 거가대교를 바라볼 수 있었으며
처음 보는 어마어마하게 넓은
굴 양식장도 만나볼 수 있었다

부산에 살고 있는데도
시원한 바닷바람은 요술을 부리듯
만날 때마다 현혹되며
새로움을 자아낸다

오늘의 수확도 만만치 않다
꽤나 비싼 메뉴 전복모듬으로
중식을 맛있게 하고 해질녘에 돌아왔다

첫째야 자원심아 고마워

부귀영화가
눈 아래로 내려보이는

삶의 비결이
무엇이었을까

탐진치가 물러난
여법한 자리

본래의
그 자리가 아닐까

107

나 아닌 너를 앞세우는
언제나 동하지 않는

이 마음인 나는 누구이며
너는 누구인가

나에겐 너는 나이고
너에겐 나는 너이다

그러기에 나는 나 너는 너가 아닌
너는 나이고 나는 너인 것이다

108

이렇게 헤아려 볼 수 있다면
태고로 진여의 본질은

너 따로 나 따로가 아닌
어우러진 하나이기에

사랑도 미움도
가려내지 않으면 하나인 것이다

이런 것이 본래로 지어진
아름다운 실상의 채널인 것이 아닐까

109

팔십성상을 훌쩍 뛰어넘도록
이 세간에서 무엇을 했던가

내 것이라 두둔할 것 그 하나도 없이

오로지 늙음만을 지켜온 셈이네

허허롭다 무엇을 찾아
무엇 때문에 그렇게들 헤매었던가

시종이 왔던 길 가는 것
그것뿐인데…

그나마 다행하게도
가까스로 덜고 비우고
내려놓을 그 마음이 있었기에

오늘 지금 그 마음 열고
중얼중얼 늘어놓는 이야기들

수미산 정상에 오른 듯한 마음은
난행고행의 숱한 지음으로

세세생생 쌓인 묵은 찌꺼기
막히고 덮인 것을 뚫고 걷어내어

넓히고 키워낸 이 마음이 되기까지
그나마 만만다행이 겹겹이로다

111

날이면 날마다 빽빽한
일과를 가벼이 받아내고

포근한 이불 속에 드러누우면
나의 작은 하늘을 허공처럼
가없이 늘려 보면서

마치 넝쿨 없는 수박을
키워 온 듯한 야릇함을
가볍게 훌훌 벗어 던지고

형상에 치닫지 않는 단 하나
공으로 내닫는 이 신심만으로

오로지
너를 위한 간절함이 되려

남은 금생을 경장 넘기듯
하루하루 줄여간다

112

태어났으므로
마땅히 가야 하는 길에

육신의 한 부분처럼

늘 함께 보낸 그 세월 동안
지녔던 모든 것에 감사하면서

잘 살았노라
한점 후회없이 떠날지다

태어나지 않았으면
가지 않아도 될 것을…

113

세상 사연 다 접으니
밤하늘에 별을 세는 듯한

나의 한가로움은
나만의 대작이 아닐 수 없다

초초마다

진금 같은 소중한 순간을
낭비하지 않은 미덕으로

행복이 밀고 드는 듯 함이
오늘 지금 나의 삶이다

114

나는 스스로 선택하여
스스로 움직이는

정진하는 기계에 불과하다

그렇게 키워 자란 마음

약방에 감초처럼
가뭄에 단비처럼

여한 없이 곳곳에
적절히 뿌리고 나누며

허공처럼 가없이 살고 가리라

115

불꽃처럼 일어나는
나의 신심으로 인해

불러모은 정진들이

나날이 새로움을
자아내는 신심이 되어

수미산을 오르내리듯
허공을 채워가듯

불가사의한 신심으로
뿌리 내려 나와 함께 간다

116

아흔의 가파름도 아랑곳없이
새벽 예불에 이은 무려 열시간여

잠깐 잠깐을 쉬어 가는
일상의 정진으로

지금은 일만 미타정근 일천 지장정근
금강경 아미타경 독경
십재일엔 지장경 독경을 함께 하며

삼십만 대다라니를
온몸으로 진행 중이다

117

이 육신이 마음을 이기지 못함을
확연히 보는 듯하다

한생각 일어남을
마음이 받아 행하니

조복된 육신이 어찌 따르지 않으랴

그러니 난행고행으로
육신을 조복함이 마땅하리라

육신이 거역한다면
만사 만행이 불가하리니

118

만약 이 마음을 떠나서
깨달음이 있고
해탈이 있고
도가 따로 있다면

이 마음은
실상의 허수아비가 아닐까

한소식 곧 마음 안에 존재함을
알지 못해 믿지 않는다면

허공끝처럼 끝없이
밖으로만 헤맴이 되지 않을까

앞서 가신 님들께서는
어느 쯤에 계신가 궁금하다

119

나에게 사랑하는 도반이 있다

그가 신심 있는 아우보살이랑
정겨운 통화 중에서

아우보살이 언니보살에게

"언니 생각만으로는 안 돼
마음을 내야 해"

이 한 마디가 얼마나 아름다운가

보다 더 아름다운
불가의 명담이 무엇이랴

120

온갖 보시의 공덕도 크련만
소중히 아끼며 지녔던 것을
서슴없이 덜어낼 수 있는
그 공덕 또한 만만치 않을 것이다

아끼고 사랑하며
애지중지 지니다 두고 가면
욕심의 찌꺼기 밖에 더 되겠는가

좋아하며 즐겨 아끼는 것도
욕심의 오르내림이며
그가 마땅히
복덕의 오르내림도 될 것이다

논밭에 거름질 하듯이
화단에 물을 주고 꽃거름을 주듯이

어디에 무엇이 공짜가 있겠는가
인간에게도 마땅히

복덕의 거름이 필요한 것이다

분명 실다움과 헛됨이
여실히 생하니 방심하여

형상에 묶이지 말 것이며
실상으로 스스로를 다스릴지다

122

향 한 개비의 일생을 보라

그는 하루살이보다 짧은 한생을
가녀린 그 몸으로
불살라 바치면서 떠나는 모습

얼마나 아름다운가
얼마나 위대한가
얼마나 거룩한가

뜨거운 가슴으로 살필지어다

123

백여일 전에 잡힌 날이다
신록의 오월 어린이날
어버이날 스승의날
부처님 오신 날을 담은
활기찬 이 오월에

대가족의 원불을 모시려고
취운암을 다녀왔다

진종일 공덕을 퍼붓듯이
쏟아지는 빗속에서도
오랜 도반의 배려로 힘들지 않고
가볍게 다녀올 수 있었다

이 인연으로 여섯 권의 시집을
읽어봐 주십사고
큰스님께 드리고 올 수 있었고

아울러 서운암 온 산천을 덮은

우중에도 한잎 낙화되지 않은
이팝나무 꽃으로 하얗게 장엄한
대자연을 보너스로 만날 수 있었으니

부처님의 은애 부처님의 가피
도반님의 은혜에 두손 모아
고맙습니다 감사합니다

124

부처님 오신 날을 앞두고
사랑하는 당신을 그려봅니다
법륜화 보살님! 우리 처음 만났을 때
나를 끌어안으며 그 작은 눈에서
굵은 눈물이 왜 흘렀을까요

일년에 두번 많으면 세번 만남인
그때마다 너무 바쁜 당신이여서
마주앉아 이야기할 겨를이 없었죠
반가움도 늦추어야 하는 아쉬움이었죠

빙산 같은 큰 인연으로
살얼음판 같은 만남이었던
그조차도 하늘가처럼 멀어진
오늘이 되어버렸네요

부둥켜 안아보고 싶은 사람
밤새워 이야기하고 싶은 사람이
바로 법륜화 보살님 당신이라오

그 바쁜 몸으로
십만배를 할 수 있는 그 마음이 나서서

대다라니 수천독을 할 수 있었던 당신을
존경합니다 사랑합니다

125

유난히 반짝반짝 하는 두 눈에
뜨거운 사랑이 가득 고인 당신
희견 보살님! 언제 다시 만나
긴 이야기 주고받으며

법담으로 한가슴 잔뜩 채워볼까요

금생이 아니면 내생에서라도

그럴 수 있기를 바라는
간절한 마음 추스르며
꼭 껴안아 보고 싶은 당신을
사랑합니다 희견 보살님!

126

말없이 들어앉은 지 두 번째
부처님 오신 날이 도래된다

그림 같은 도량네에
높고 낮은 소나무 가지가지마다

평화롭게 매달린
아름다운 연꽃송이 눈에 선하다

스님들께서 손수 만든
쫀득쫀득한 쑥개떡

지난날 그 맛이 군침을 돌게 하네

127

최종으로 다녀온
다라니 기도처 휴휴암
천릿길 넘어 양양까지
용감하게도 혼자 나선 길에

님이 보내주신
강릉에서 만난 두 도반
다음생에 더 좋은 인연으로
반드시 만나리다

금생에 다시 재현할 수 없을
아름다운 추억들을
앉은 자리에서 명상으로 바라본다

128

오랜만에 예상치 않았던
절 나들이로 감로사를 다녀왔다

예불에서 법문이 끝난 후
옛정이 물씬 풍기는 반김을 받으며

삼천불전 중앙에서
일진행 하시면서
힘껏 끌어안아주신
스님의 비단가사 자락은
마치 부처님의
금란가사 자락처럼 느껴졌다

오늘 부처님 오신 날
때마침 시 낭송회가 있었기에
미리 알고 준비한 것은 아니지만
우연 아니게 참여할 수 있었으니
큰 박수갈채도 남의 것만이 아니었다

처처마다 흥건한 님의 가피를
느끼지 않으려야 않을 수 없었다

이번 기회로 나의 후반생 중
매년 한 권씩 십년간
신심의 기록을 담은 열 권 중
앞의 네 권은 이미 드렸고
뒤편 여섯 권을 오늘
큰스님께 드릴 수 있었다

혼자 나설 수 없는 몸이련만
대도심 도반의 도움으로
오늘을 너무나 잘 보낼 수 있었다

대도심 보살님!
고맙습니다 감사합니다

129

좁디좁은 나의 공간에는

텔레비전도 신문도 라디오도
두지 않았지만

부처님 무언의 말씀으로 가득 찬
유일한 나만의 즐거운 공간이다

이 다행스러움 속에서

충만한 나날을 보낼 수 있음이
얼마나 감사한가

무엇으로 이 은애의
보답이 되겠는가?

사랑한다 수연아! 민경아!
이따금 할머니가 보고싶다는 말을
엄마아빠 편에 전해 듣는다

그때마다 가슴이 찡하는
사랑을 느끼지 않을 수 없단다
우리는 이 세상에서 가장 가까운
너무나 소중한 인연이기에

서로서로 아끼며 사랑하며 살자꾸나
내 사랑하는 손녀 수연아! 민경아!
이 할미 마치 어린아이처럼
너들을 하늘만큼 땅만큼 사랑한단다

언제나 만날 때면 그때그때마다
두팔 벌려 힘껏 끌어안고
빙글빙글 돌자꾸나

사랑 사랑 이 할미 사랑

우리 수연아! 민경아!

티없이 예쁘게 잘 자라줘서
너무너무 고맙구나

엄마사랑 아빠사랑 할미사랑
우리 수연아! 민경아!

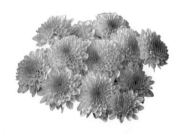

131

들어 앉아 정진을 시작한지 삼년 차

나날이 낡아져 가는 육신을
털끝만큼도 아쉬워하지 않는다

백방으로 여한없이 써왔기 때문이다

다문다문 찾아주는 도반들께
한아름 잔뜩 감사하면서

보다 아름다운 늙음으로
보다 아름다운 죽음으로 가고 싶은

미련 없는 포근함이

이 가슴을 새어나는
미덕을 안고 오늘이 간다

132

인간사 치닫는 경쟁으로
자신을 너무나 내세우는 세상
쑥스러운 듯 조금은 내려놓음도
얼마나 돋보일까
그가 바로 만물의 영장 중 영장인
수행자의 진 미덕이지 않을까

들난잔치 먹을 것 없다는
옛 님들의 말씀이 행여나
경전 속에 담기지 않은
부처님의 말씀이지 아니었을까

좁쌀 같은 지식의 나열로
자신의 모든 것을 과찬하려
경쟁세계에 횃불처럼 밝히기보다

조용히 물러앉은 자리에서
다소곳이 내려놓음도 한껏 아름다운
지혜의 모습이지 않을까

133

팔십성상을 세월에 묻으며
세월에 쓸려 보내며

한세상 보낸 흔적이 무엇이던가
겨우 주름진 얼굴에 흰 머릴런가

잊은 듯이 잃은 듯이 조용조용
금생에 얻은 찌꺼기로

고맙습니다 감사합니다의
아름다운 용어를 가슴에 새겨 담아

세세생생 날 적마다

아끼고 사랑하며
마르고 닳도록 쓰면서 살리라

이것으로써 한세상 왔다감을
마음에 꼭꼭 묻어 간직하리라

134

주말이 되면 으레 두 딸이
온갖 먹거리와 필수품을 챙겨
이 어미를 찾아온다

금생에 짝이었던 그이가 알고 있다면
마땅히 두 딸을 얼마나 고마워할까
하는 생각을 하는 순간
정근을 하다 말고 눈시울이 뜨거워지며
가슴에서 올라오는 목이 메인다

필히 저들은 힘들 줄 알지만
기다려짐은 어쩔 수 없는 늙음인가봐
어린아이처럼 주말이 기다려진다
내 두 딸아! 고마워!

나의 소망인 이 인연 공덕이 모여
다음생엔 만사만행이 더더욱
원만 충만 구족하기를 바란다

너들의 고마움으로 이 어미 종종
어깨를 추스르며 뭉클 하는 가슴 누르는 줄
항상 밝은 어미를 보기 때문에
생각조차 멀어 있을 것이다 미안미안

135

대도는 지식에서
구해지는 것이 아니다
부지런히 정진하며
도행하는 일넘지혜에서
얻어지는 것이다

지식 그는 너무 예리하기 때문에
지혜를 누르고 지식만을
앞세우고 나서기 때문이다

선방 문고리 잡기보다
세수하다 코 만지기 쉽다듯이
진리의 대요는 멀리 있지 않다

중생들이 항상 곁에 두고 있으나
그 길을 아끼고 인색하기 때문에
지극히 멀어지고만 있는 것이다

깨달음이란

스스로 나서지 않을 뿐
멀리 장엄된 곳에
따로 있는 것이 아니라

한 생각 돌이키면
번개처럼
한 순간에 만날 수 있을 것이다

진리의 대도는
중생계와 허공계보다
더 광대하니 분발하여
정진하고 수행할지어다

136

꿈속처럼 지난 폭탄 같았던 시절을
수행이란 그 이름으로 견디어낸 세월은
강물처럼 유유히 본래로 흐르고 있다

여리어 맞서진 못해
받아낸 아팠던 마음을
순으로 역으로 제자리에
머무르게 된 선리 앞에
두손 모아 고개숙여진다

거칠고 억셈만으로
승자가 되는 것이 아니었다
실상인 법계의 진리를
감히 어떻게 삼킬 수 있으랴

대진리 대선리 앞에
감사함을 앞세워
더욱 순응하며 살리라

137

반세기 가까운 세월을
세상 것을 위한 정진이었다면

두덕두덕 욕심 채우기에
얼마나 큰 괴로움이었을까

오로지 신심 하나로
자신을 다스림이었기에

만사를 이겨내고 시간을 아껴
어떤 경우에도 요지부동으로

지치지 않는 굳건함은 나 자신이
알지 못할 놀라움에 묻혀 있다

138

들어앉아 정진한 지 만 이년 간

용돈이 모여 적절히 쓸 수 있어
값진 기회를 놓치지 않고
잡을 수 있는 선리에 머무름이
더없는 기쁨이자 행복이다

진종일 정진이란 그 이름 때문에

세상일에 귀 기울이거나
할일 없이 배회할 일 없어
인생말로를 여법한 행으로
청정히 보낼 수 있어 백천만
다행을 안고 내일로 간다

139

때로는 육신의 부위 곳곳에서
투쟁을 부리지만

지금 나에게 마땅함을 인정하며

자식들도 피곤하지 않고
나 자신도 피곤하지 않으려

실상의 힘 수행의 밑거름으로
실다움에 헛됨이 없기를 바란다

어쩌다 정진이 밀려
시간이 촉박할 때면

부위의 투쟁도 아랑곳없다

140

첫째 내외의 배려로
허허 넓은 군자정의
이만평 연지를 다녀왔다

서로서로 의지하여 기대지 않고
잎대 따로 꽃대 따로 어쩌면
그렇게들 군림을 이루었어도
마치 한 몸 이듯이 평화로운 모습들

이 지상의 수백천 만억 종
식물 중의 영장으로서도
지극히 마땅하리라

오탁에 물들지 않아
청정 청렴 청순한 그대!
특유의 모습으로
고귀한 맛을 지닌 뿌리마저도

혹여 흙탕 속에서

숨막힐세라 지켜주는
터널을 뚫었나보죠

형상에서나 실상에서나
거룩한 그대 뉘 따르리요
내 이 두손 모은 마음
그대에게 드리고 싶습니다

141

이따금 생각나는
지난날들을 새삼 흥얼거려본다

맨 처음 법화경 백팔독경 회향으로
동행 없이 떠난 길
제주행 기내에서 마저 읽으며
불사리탑사에서 하루를 묵고
마라도 기원정사에서 이틀을 묵었던

다시 반복하기 만만찮은
용감했던 나의 행로
예사롭지 않은 신심의 분발
신심의 발로는 마치 꿈을 꾼 듯한
실제의 일이 아닌 것 같다

지난날을 되뇌는 가슴에
잔잔한 파문이 여울진다

142

각원사 아미타 대불전에서
오후부터 밤을 꼬박 새우며
십만정근을 할 때
미타의 꽃이 만발하리란
예상했던 글귀처럼

목화송이 같은 구름떼가
한순간에 모여들 때
도반들의 박수갈채와 함께
대불전에 울려퍼지던 환호성이
지금인 듯 귀에 쟁쟁거린다

송이송이 그마다는
흡사한 활짝 핀 목화송이
대불전 그 넓은 하늘을 가득 채운
주먹만한 하얀 구름 송이송이
떼를 지어 사방팔방에서
한순간에 모여듦은

필연코 십만미타정근소리 타고
피어난 미타의 꽃이리

생각생각 아무리 쫓아봐도
그 하늘이 장엄된
희유한 신비로움은
마땅히 우연만은 아니리라

필히 아미타 큰 부처님의
감응하심이 계셨으리라

점점 밤은 깊어지면서
밝혀진 불빛 아래
미소어린 청동대불상은
금란가사 자락으로 장엄된 듯한
유난히 아름답던 그 모습이
지금인 듯 눈에 선하다

143

삼년 간 자비도량참법
백여덟번 대서원이
육개월 앞당겨진 회향길에

태종대 순환도로 한 바퀴를
그림자와 둘이서 돌던 시절
바다 위를 날으는 듯 환희로웠던

까마득한 추억 속에서 까마득히
멀어져가는 기억들을
마치 오늘 지금인 듯 펼쳐 다시 본다

144

한세상 살고감이
뜬구름과 흡사커늘
빈손와서 빈손가는
가벼운 이 길에서

미혹한 자 알지 못해
대명천지 밝음에서
칠흙 같은 어둠속으로

빙산 같은 업지으며
애처로이 들락이는 이
그지없이 애석하네

태양이 솟아오르듯
늦기 전에 깨어나서

밝아오는 내일을 위해
선인선과를 지어 쌓으면
가없는 복덕이 밀고들리라

145

홍법사 미타 삼천불전에서
연속 삼일 간 삼만정근으로
구만정근을 할 때

작은 허공에 밝혀졌던
아름다운 수제등 불빛으로

황홀했던 삼천아미타부처님전

지금 내 앉은 자리에서
아미타부처님을 부를 때마다

늘 그때 그 자리에 앉은 그 마음이 되어
한 생각 늦추면 바로 그 자리이다

146

문득 생각나는 또 하나
나의 만행길 일천오백리

오랜 세월 동안을 기다렸던
대망의 길을 뜬 열이틀 간

양산 통도사를 시작으로
금강산 건봉사 화암사까지

곳곳 대찰마다 참배하며
가슴 설레게 신나던 만행길

지금은 낡아진 이 육신이
앉은 자리에서

명상으로 돌려보는
짭짤한 기쁨도 소홀치 않다

147

지난날 일만 부처님 명호경으로

이레에 만배씩
일흔 날에 십만배를 하고

다시 하루에 일만 부처님을 부르며
열흘간 십만 부처님을 불렀던

가물가물 전생처럼 기억되는
아름다운 추억들은

희유하게도 그 모두가 나서서

나를 지켜주는 신장과도 같은
막강한 나의 힘이 되고 있다

아무렴 아무렴 그렇고 말고죠

어느 누구이든

핑계와 게으름에 밀리지 않으면
매사에 자신만만하여짐으로

모든 악연들이 작작 물러나고
선연으로 돌아서기 마련이니

심신 조복을 앞세워 분발할지다

149

홍법사 아미타 큰 부처님을
일백여덟 번 돌고
일보일배로 철야정진함은
흔히 하는 정진이 아니지만

훗날 재현할 수 있는
신심 있는 불자가 나타나길 바란다

스스로 자신이 아미타임을 알라
무량수 무량광이
나 속에 잠재되어 있으나
미혹하여 발하지 못할 뿐이므로

본래로 구족한 나인 것을 알고
부디 모두 분발하소서

150

서울 정토법당
연속 이만사천 시간 정진 때

남도 부산에서 서울까지
함께 한 인연 모아 스무여드레

목탁을 치며 절을 하며
관세음보살을 목청 높여 부르며

그날그날마다 신나는 정진은
여덟 시간에서 열 시간까지

알 수 없었던 그 큰 여력은
지금껏 그대로 이어지고 있다

151

불교란 신앙이기 이전에
법계의 막강한 진리인 것이다

부처님께서 이 세간에 출현하심은
법계에 가득 찬 진리를
미혹한 중생들이 알지 못하므로
이를 일깨우시려
이 세간에 나투신 것이다

속속 신심으로
기복에 치우치지 말고
사랑과 배려로
먼저 자신을 잘 다스려
선리를 행하면 기복은 반드시
그 뒤를 따르기 마련이다

차츰 탐진치는 멀어지고
바라밀행으로 이어져서
마땅히 복덕이 구족하리라

152

내가 지금 머무르는 곳인
도심의 중앙대로 상가 뒷골목
아주 작은 오두막 같은 곳엔

어둠이 깔려 오면 그 흔한
네온사인 불빛하나 비치지 않는
두메산골 아닌 두메산골이다

나의 방 앉은뱅이 전구에
불이 켜졌을 때는 안 깜깜이
불이 켜지지 않았을 때는
깜깜이로 나랑 통하는

내 작은 쉼터에서는

막강한 수행과 정진으로
모든 악을 부수고

밤이면 한껏 쉬어주고

낮이면 한껏 채찍하는
괴로움을 몽땅 쓸어보낸
평온한 내 삶의
비록 작은 공간이지만

스스로 한껏 행복을 느끼며
마지막 그날을 재촉하는
그 마음만이 쉼없이
주야로 자라고 있다

가출하듯 빠져나와
독립한 지 벌써 오년!

나의 결정적인 순간이
이 시대의 내 아들딸에게
효행길을 열어줌이 되었다

매사에 집착없는
신심의 결정체임을
스스로 가슴에 묻어 감사한다

153

큰 것 작은 것
많은 것 적은 것
좋은 것 나쁜 것
귀한 것 천한 것

그 모두가 한 생각 속에 있음이로다

수행이 설고 익음에 따라
그 모습을 드러낼 뿐이다

진리인 불법은 그 오묘함이
중생을 무지에서 깨워
지혜의 밝음으로 인도함이다

다복한 우리 불자들은
지름길이거나 두름길일 뿐이지
깨달음으로 전전함이니
얼마나 다행한가

불법이 있었기에
귀의할 수 있었고
귀의할 수 있었기에
이토록 거룩한 길을

만나 행할 수 있지 않았던가

애써 멈추지 않는
대 정진의 힘이라면
마땅히 너 나 없이

일체 종지에 속속 이르러지리다

154

이따금 찾아주는 도반들
그도 빈손이 아닌
갖갖 먹거리를 챙겨온
고마움에 무어라 말을 할까

나 자신은 때 쓰듯이
전화도 하지 않으면서
온갖 공덕의 대주인이 되라고
하루에 몇 차례 기원만으로
보답이 될 수 있겠는가

들어앉은 자에게
몸만 와서 모습만 보여줘도
법화경 수희공덕품
부처님 말씀에 전해들은
쉰 번째 공덕도 무한한데

그를 훌쩍 뛰어넘은
처음법회에서 들은 공덕만큼이나

되었으면 하는 마음 간절하다

달리 고마움을 전할 길이 없어
아쉽지만 이렇게라도 견주어본다
모두모두 대공덕주가 되소서

155

올 때도 혼자였고
갈 때 역시 혼자이니
외로움도 쉬어놓고
괴로움도 묻어놓아

집 애착마저 벗어놓으니
세상소리 못 들어도
진여의 깊은 뿌리
잎 피우고 꽃 피우네

고대광실 높은 집
문전옥답도
잠시 잠깐 지닐 뿐
내 것 아니라네

가는 날엔 마땅히
두고 갈 것인데
아끼면 가난이요
나누면 부자라네

156

오로지 이 한 몸

티없이 잘 다스리면

온갖 순리에 머물 텐데

다시 무슨 방편을

필요로 하겠는가

얽아매어지는 마음
매달려지는 마음

느긋이 풀어주어
편안히 멈추어지면

그 마음 요동하지 않아
육진경계에 착하지 않으리라

157

온갖 선리에서 열린 마음은

차츰 내 것에서 멀어져 감으로

너와 나가 둘 아님을 알게 되면

곧바로 불법의 진수를 앎일세

이러히 밝아오는 마음
어느 어디에 쓸 것인가

허공계와 중생계에
아낌없이 풀어놓아

너와 나가 둘이 아닌
하나 속에 하나인줄
널리 멀리 번져지이다

다시 대 방편 있어
자신의 죽음을 알고

어느 어디에 태어남을 알며

다시 태어나지 않음을
확연히 알기까지는

얼마나 멀고도 먼 길일까

159

오늘은 첫째 내외와
거제를 기점으로
꽤 먼 길을 다녀왔다

무더위를 식힌 즐거운 하루
해저터널을 빠져나가
거가대교를 타고 목적지에 이르러

곳곳을 돌아보며
멀리서 바라본 해금강
가까이에서 보는 것만 못지않았다

지명도 재미있는
망치몽돌 해수욕장 두루 돌아
중식은 처음 만난 성게 비빔밥
메뉴나 가격보다 맛은 별로였다

갖갖 간식과 시원함으로
즐거운 하루 아들아 자원심아

많이많이 고마워요

그 이름도 아름다운 해금강

160

지난 세월 다 이겨내고
간신히 남은 세월 말년의 늙음이

병들어 신음함을 피할 길은
어느 어디에도 있지 않다

스스로 온 길
마땅히 가야 하나니

오로지 일념의 정진으로
극복하는 그 길 뿐일세

너무 힘들지 않게
떠날 수 있기를 바랄 뿐이다

161

다행스럽게도 나에겐
이 핵가족 시대에도
저들의 본분을 다하는
아들딸이 있기에

미움이나 원망 없이
편안함을 누리는 삶이다

월중에 열흘은 차례로
저들의 모습을 보여준다
이 얼마나 다행스러운가

일체중생을 위해
끊임없이 정진발원하는
이 마음 안팎으로
저들의 공덕도 반드시

살아 숨쉬며 함께 자라리라

162

때로는 내 손바닥과 손등을
유심히 살펴보노라면
손바닥은 매사에 앞장섬으로
지문은 다 닳아 오간 데 없고
억세고 깊은 주름살만이
그 자리를 지키고 있는데

손등은 그저 따라 움직이므로
잔잔한 주름살이 여울지고 있다

이 손으로 셀 수 없는 합장을 하고
셀 수 없는 염주알을 굴리고
셀 수 없는 경장을 넘겼으니

항상 사랑으로 여미면서
서로 깍지끼며 정겹게 지낸다

163

오랜 세월 지나오면서
추호의 게으름도 없었던
내 이 두 손아

영원이란 본래 없단다

우리 헤어질 때까지
도란도란 정답게 지내자꾸나
사랑 사랑 내 고마운 손아

164

마음따라 가난도 부자일 수 있고
마음따라 부자도 가난일 수 있다

세월에 실린 우리 모두는
때가 되면 육신을 버리고 가야 한다

행 불행에 치우쳐
형상에 매달린 애착심은

괴로움만이 잡초처럼
무성하게 자랄 뿐이다

부디 그 마음 내려쉬어
편안함을 누리소서

165

모든 것이 자신의 업임을 알고
곱게 맞아 다독다독 여미면

괴로움도 차츰 행복으로
탈바꿈하게 됨으로

조급함으로 연연하지 않으면
행복이 오는 길이 열리리라

세상만사를
기쁨으로 맞을지어다

166

잡초의 씨앗이 떨어진 곳에는
반드시 잡초가 나게 되고

곡식의 씨알이 떨어진 곳에는
반드시 곡식이 나듯이

사람은 죽어서도
마음이란 실상의 종자로써

반드시 업과를 가지고
이 세간에 나게 된다

그러므로 살아 있을 때에
선악을 알고 지어야 한다

이름하여 만물의 영장이라지만
불연을 만나지 못했더라면

이 길을 어찌 알고 행하여

스스로 복덕을 쌓을 수 있었으리요

부처님께 감사하지 않을 수 없지요

허공이 가없듯이
감사 감사 감사합니다

167

어느 순간에 힘도 줄고
키도 줄고 체중도 줄고
허리도 굽고 체형은 비뚤어져
볼품없는 노파가 되었다

오직 신심만이 남아 있어
수행하고 정진함만을 지켜준다

그 기운으로 사십 수년의
정진력만이 퇴색되지 않아

지금도 하고자 함은 행하고 있으나
힘들지 않다면 거짓이겠지요

그러던 어느 날 졸음이 오듯이
이 육신을 벗을 수 있기를 바란다

168

가없는 마음 밭에
보리 심어 가꾼 수확으로
평화로운 삶을 나누는
곳곳 행로에는
불보살님이 나투시어

반겨주시고 두루 거두어주시면서

소리없는 소리
무언의 말씀으로
눈에도 귀에도 들리는 소리
가슴에도 마음에도 담기는 소리

가없는 선리에서
부디 멈추지 말라
물러나거나 비켜가지도 말라

당부하심을 미혹하여
듣지 못할 뿐이리다

늘 가까이에 계셔 뭇 중생들의
신심이 익어감을 다 보시고 다 아시고

불보살님의 보살피심이
항상 끊이지 않으리니

한생각 오롯하면 곧
부처님을 뵐 수 있으리다

169

일념의 정진으로 만난
사랑주고 사랑받던
나의 도반 모두에게
아낌없는 감사를 보낸다

비록 아끼고 사랑했어도
잊은 듯 버린 듯
그 마음마저 없었던 듯 어느 날
바쁜 듯이 너 따로 나 따로 가야겠지요

그러나 다복하게도
삼보에 귀의한 우리들은
더더욱 일심정진으로

다시 만날 새 인연을
알차고 충만하게 영글여서
다음생에 더 좋은 인연으로
다시 만날 수 있기를

애기 손가락 걸고
아빠 손가락 도장 찍고
굳건히 약속합시다요

나의 도반 모두모두 사랑합니다

170

찬밥에 뜨거운 물을 부어
렌지에 잠시 돌리면
더 맛있게 먹을 수 있을 텐데

애라 한 고개 넘어가면
똑같은 것을 하곤 그냥 먹는다

이것이 게으름만은 아니지 않을까

먹는 것 입는 것 가지는 것에
더 맛있는 것 더 좋은 것 더 많은 것의
유익함을 도사리는

노예가 되고 싶지 않기 때문이다

집 애착이 이 마음을 이기지 못함은
마땅히 부처님의 은혜임이 여실하다

생각 생각 불연에 감사함을 늦출 수 없는

금생에 다져진 이 마음으로

세세생생 날 적마다 더 좋은 과보로
부처님법 안에서 진여의 삶을 살리라

맹세코
불연을 떠나 살지 않으리라

171

무술년 마지막 날
잠자리에 들기 바로 전에
신심으로 가슴이 따뜻한 분들을

면면이 기억해 내면서
항상 내 손에서 구르는
율무로 만든 스무한알 수주로
신묘다라니 세번을 돌려 외우면서

전화를 주신 분 문자를 보내신 분
온갖 먹거리를 챙겨 찾아주신 분들을
진가슴으로 감사하는 은혜의 보답으로
간절히 피워보는 이 마음

하지만 이 빈 마음이
살아 움직이는 따뜻한 가슴
그 실다움엔 백천만분의 일엔들
미칠 수 있으랴만
이렇게라도 이 마음을 열어 보내며

이 인연 공덕으로 모두모두
대공덕의 주인이 되기를
두손 모아 기원하며 묵은 한 해를
보내는 길목에서 대단히
고맙습니다 감사합니다

172

세상이 아무리 넓고 넓어도

자신이 지은 운명의 탈출구는
이승에도 저승에도 없는 것이니

다만 선악의 과보를 알고
깨어 사는 것만이 최상승의 길이려니

사랑하는 불자님들 모두는

졸음이 오더라도 졸지 말고
부디 깨어 살지어다

173

세상사 골고루
다 가져보고 겪어본들 그중에

어느 하나인들 영원한 내 것이 아닌
순간의 내 것일 뿐이었네

매사에 인내와 배려로
인연 닿은 모든 분들께

오손도손 다정한 도반처럼
가까운 혈육처럼

정주고 사랑주어 보살피며
여법히 살다감이 으뜸일세

174

아흔의 중턱
금생의 최후신에 이르는
이 육신을 추슬러
새벽 예불에 일으키며

최종 서원으로
금생을 닫는 그 날에도
오늘 지금처럼 예배 정진을 하고

졸음이 오듯 홀연히
이 육신을 벗고 싶은

이마저도
욕심의 찌꺼기가 되겠죠

175

행복한 고행으로 만난 인연인
대인거사님 성덕도 보살님
십년이면 강산이 변한다는
옛말을 초월한 두분이시여!

시간가고 세월가면 멀어지기 마련인데
어찌 처음 그 마음 그대로인가요
참으로 회유한 두분 앞에
정중히 두손 모아집니다

뿌리 깊은 신심에서 우러나는
그 마음 헤아려 가슴에 꼭꼭 묻어다지며
더더욱 열심히 정진하는
당신들의 도반이 되겠습니다

빈 마음 이렇게라도 전해 올립니다
고맙습니다 감사합니다

176

사람 사람이 각각인 듯하지만
하늘 아래 나이며
하늘 아래 너이로다

땅위에 나이며
땅위에 너이로니
각각인 듯 각각 아닌 그 모두는 하나이라

나 따로 너 따로에
너무 가까이 닿지 말라

너와 나 어우러진 하나 속에
엄연히 성불 있고 깨달음 있어

구경에는 모두 함께
일체 종지에 이를 수 있으리다

177

시간 가고 세월 가서
숨막히게 아리던 지난날들이
공덕의 어머니로
오늘을 낳아 길러냈다

선인선과 악인악과를
가슴으로 읽으며
주옥같은 님의 말씀
진리의 말씀으로
벅찬 가슴 차오른다

저 밝은 태양을 향한
벽이 없는 이 마음 안에
빙산 같았던 업의 과보는
순순히 녹아내려
봄날 아지랑이처럼 피어오른다

178

괴로움에 허덕이는
그대! 당신들이여!
치우치는 한 생각에
걸리지도 말고 묶이지도 말라

생각 생각마다
선인선과 악인악과를
가슴으로 읽어보라
겨울 가면 봄이 오리다

179

흐르는 물길은
낮은 곳으로 낮은 곳으로
찾아 흘러서
바다에 이르고

세월은 열반에 이른 듯
말없이 소리 없이
숨죽여 가는데

묵묵히 사계가
어김없이 돌아드는 대자연은
실상의 법칙으로
이렇게들 평화로운데…

180

인생은 어떤가
업 따라오고 업 따라감을
미처 알지 못하니

미혹한 중생 어찌
선악을 가려 행하랴

업을 아는 지혜가
마땅히 필요하거니와

정진하지 않으면
지혜가 열리기 쉽지 않네

181

충만한 정진이야말로
충만한 지혜를 낳을 것이요

그러므로 앞서거니 뒤서거니
늘 지혜가 따라 나서기 마련이라네

그대들이여 부디
명심 거듭 명심하여

정진을 아끼지 마소서
업을 소홀히 생각마소서

그가 운명의 길잡이라오

182

자연의 섭리인 오늘 오늘마다

담긴 소중한 내 인생을
섣불리 생각하지 말자오

매 오늘마다

잘 익은 벼이삭처럼
목에 힘 어깨 힘 빼고

다소곳이 정진하며

부처님법 안에서 깨달음으로 가는
진불자가 되어서

부처님도 기쁘게 해드리고
나도 기쁘게 살리라

183

나약한 나의 삶이
어언간 들어앉은 지 삼년째

요란스럽지 않은 오두막에서
나날이 결재에 든듯한 삶이

진종일 일상의 정진을 마치고
어둠이 깔릴 무렵

석가모니불 삼천 정근으로
성도재일정진을 약해서 대신하며

지난날의 추억만으로도
가슴 설레며 오늘을 닫는다

184

근래에 드문 두 도행자 도반이 있다

내가 알기로도 대도량에서
다섯 안거를 거친 보살도반은
몇 차례의 용맹정진을 행한 줄 알며

거사님은 즐겨 보내주고
보살님은 즐겨 받아 행하니

마땅히 두분은 대도행자이다

실상의 울타리 안에서 밖에서
도행을 즐기는 두분의 도행자

깨달음이란 막연한 것이 아님으로
열림은 한 순간이라
두분이 나란히 대도에 이르리다

185

우리 모두 어렵사리 만난
한 생을 살아가면서

각자 존귀한 양심을 앞세워
다소곳이 선인선과를 가려지음이

내생의 행복한 복음자리가
마련됨을 명심할지어다

업과의 실상은
참으로 신령스럽다

짓는 대로 차곡차곡
너무나 자연입력이
섬세하고도 완벽함으로

어쩌랴 어느 어디에도
비켜갈 방편이 없는 것을…

마땅히 악인악과를
짓지 않는 그 길만이

큰 방편임을 잘 알고
부디 비켜 행할지어다

186

진 수행자의 진마음이라면

그 마음에 담긴 충만이
보물을 잔뜩 쌓은 듯한데
다시 무엇을 구하랴

흥얼흥얼 콧노래를 부르며

솜털같이 가벼운 그 마음이 나서서
만면에 평화로운 미소로
실상의 꽃을 피우리라

187

부처님을 우러른지 어언 45년째
신발끈 졸라매고 나선지
반세기가 되어간다

형상에 묶였던 삶이
잃은 듯 버린 듯 어느 순간에
그 모두는 얻은 것이다

육안이 혼란스러울 만큼
화려한 세상 속 세상 것에
탐착함이 어찌하여

백에 하나 천에 하나 만에 하나도
없는지 나도 모를 일이다

마땅히 불연의 힘이며
엄연한 정진의 힘이 아닐까

188

밝음이 어둠이요
어둠이 곧 밝음이듯이

좋은 것 나쁜 것이
둘 아닌 하나이며

큰 것 작은 것 역시
둘이 아닌 하나인지라

행 불행 그도
둘 아닌 하나이라

너와 나도 마땅히
둘이 아닌 하나로써

우리 모두가 보리 일구어
진여의 삶으로
함께 행복을 누려지이다

189

일상 속에서
화를 내지 않는 것이 아니라
화가 나지 않는 것이다

포트에 물을 끓이려
삼다수(생수)를 부으면서도
삼다도라 제주에는
이렇게 흥얼거리고

하기스 애기 물티슈 통에
예쁜 애기모델 사진을 보고도
하루에 수없이 '까꿍' 하면서
말을 걸곤 한다

설탕을 흘리거나 물을 쏟아도
흥얼흥얼 내가 왜 이러지로
오늘이 가고 또 오늘이 오는데

바로 오늘 깔고 앉은 담요 위에

커피 한 잔을 그대로 엎질러 놓고도
역시 내가 왜 이러지로 처리가 됨이
마치 나를 시험하는 격이었다

이만하면 부처님께 감사드려도
넉넉하게 남음이 있겠지요

190

나의 특징인

스스로는 근검절약하면서

모은 돈을 귀감이 가는 곳에

스스럼없이 쓰는 것이

내 최상의

기쁨으로 행복을 느낀다

191

복지어 누굴 주랴

산다는 것
정말 정말 별것이 아니론데

어느 날 눈 감고 뜨지 않으면
그가 바로 가는 길인데…

조용한 듯 바쁘고
바쁜 듯 조용한 나의 일과는

한생각 흘려보냄없이
매사를 챙겨 영글이느라

누군가 있을 때는 매우 한가롭고
나 혼자일 때는 늘 바쁘다

192

지하철 안에서 휠체어에 앉은
서정아 씨께 접근한 인연으로
여섯 휠체어와 즐긴 하루

홍법사 국화축제에
불러 모은 여섯 휠체어

이날을 엄연한 내 몫으로
후원에서 간식을 챙겨오고
포트에 커피물을 끓여 나르고
도량네에서 제공하는
국화차를 가져다 마시는 등등은
마땅히 내 몫이었다

당일 선물로 여섯 소국분에
건강 성실 사랑
행복 기쁨 충만이란 핀을
그네들 이름으로 꽂아주었더니

함박 웃음꽃을 피우며
함께 너무들 기뻐했죠

나로선 분주했던 하루
모처럼 바쁜 하루였지만
생에 드문 충만과 행복이
담긴 하루였으며

그네들의 밝은 모습이
너무나 아름다워
가슴이 울컥할 정도였다

193

보시하고 불사함도
크게 버리는 연습이며

욕심을 쫓는 작업이기도 하다

그로 인해 열리는 밝은 지혜로

오로지
평화로운 마음으로 다가감이
그 전부인 것이다

나의 지금은 대 정진으로

밖으로 굽었던 팔을
안으로 굽힌 소중한 순간으로

사랑은 더 큰 사랑되게 영글이며

내게 남은 역할을 마저 찾아내어
뿌듯하고 반듯하게 잘 행하고

갈 즈음임을 명심하고
노력하는 나날이기도 하다

195

들어앉은 지 삼년 차

앞서거니 뒤서거니 쫓아온
나의 대다라니 행은

아마 금생에 내 몫으로
백만 다라니 돌파이지 않을까

하는 생각에
묵묵히 잠겨본다

196

미타정근 역시
어마어마한 숫자와 시간을 가지고
이 세간에 오지 않았을까 생각된다

그러기에 해도 해도
또 하게 되는 것을 보면
마땅히 엄청난 몫을 안고

금생에 온 것 같아 할 수 있을 때까지
부지런히 하겠노라 마음 다진다

내게 주어진 운명이라
가슴 활짝 열고 큰 호흡으로
정진하다 가리라

197

지난 병자년
지금으로부터 23년 전 가을 어느 날

훌쩍 떠나보고 싶은
울컥하는 마음 다스려
멀리 건봉사로 갔다

동행 없는 길을 뜨니
처처가 수행이며 정진이었다

잡담할 상대가 없으니
이박삼일 짧은 기간이지만
보궁축원카드에
편찮으신 아버지를 올려드리고
오천배를 하고 나니

단독 사리친견의 놀라운 기회!
금고 안의 순금사리함 금반에
모셔진 부처님 치아사리 어금니사리

순금반을 따로따로 두 차례
조심스럽고 정중하게 이 두 손으로
받들어 머리 위에 모시고

금고 앞에 놓여 있는 테이블을 돌면서
세세생생 날 적마다
부처님법 안에서 살기를 발원했으니

얼마나 복이 많았던가
누구에게나 주어지지 않는 행운!
참으로 놀라운 행운이지 않는가

감사합니다 감사합니다 감사합니다
열심히 정진하는 진불자가 되겠습니다

나무석가모니불
나무석가모니불
나무 시아본사 석가모니불

198

갓난 애기 때가 엊그제 같은데
우리 주희 벌써 시집간다네
눈에도 보이지 않는 세월이
이렇게도 빨랐던가

새로운 부모님을 만나게 되는 것이
곧 시집이자 시댁인 것이다

본래 착한 우리 주희이긴 하지만
우리 인간사에는 겉마음 속마음이
때로는 쓰여질 수도 있단다

주희야 겉에 쌓인 마음일랑
양파껍질처럼 벗겨 버리고
속마음(진마음)만으로

부디 새로 만나는
시아버님 시어머님께
진마음의 이쁜 진며느리가 되거라

재균 군과 주희 너 사이에는
새삼 말할 필요가 있겠는가
서로서로 아끼고 사랑함이
우리 불가에서 말하는 산 중의 산
수미산만큼이나 될 텐데
길게 말하면 잔소릴 테지

이 외할미도 너들을 지극히 사랑한단다
부디 건강하고 행복하거라 알았지?
주름살이 깊어진 이 두손 모아
간곡히 부탁한다 주희야!

마치 이 할미의 부탁말이 들린 듯
우리 주희 예쁜 손 모아 합장하고
네 할머니 잘 알겠습니다 하는
함박미소에 담긴 귀여운 목소리가
들려오는 듯 하구나
사랑한다 주희야!

나의 옛집 사층 안마당에 장관을 이루었던 시절 주먹만한 작은 분에서 큰 가마솥만한 분에 이르기까지 사백오십여 개의 분에는 이른 봄부터 늦가을까지 잎피고 꽃피고 열매 맺어 익어가며 단풍에 이르기까지 작은 농장 작은 식물원이었다.

제일 작은 분재 매화에서부터 시작으로 이른 봄소식을 듣는다. 이어서 할미꽃이 피고 개나리가 피고 진달래가 필 무렵이면 중앙대로 건너편 언덕바지에서 우리 사층 안마당을 바라보면 만발한 진달래는 마치 분홍 치마폭을 펼친 듯 눈에 선하지만 이사 나올 때 너무 큰 분이어서 두고 왔는데 오래 전부터 보이지 않는 것이 아마 살아 있지 않은 모양이다. (사층 안마당 20평)

애기사과 앵두 밀감 유자 등등 꽃피워 열매 굵어 익어가고 수수 열 가지의 꽃들은 서로들 뽐내며 피워갈 때 오죽은 덩달아 키만 쑥쑥 자랐으며 거실 앞에 빨간 벽돌 기둥과 자연석을 쌓아 심은 좌우에

두 그루 등나무는 그물망처럼 하늘을 가리고 포도 송이 같은 진보라빛 꽃송이 수수 백 송이가 드리워 짐은 참으로 놀라운 콘크리트 위에 대장엄이 아닐 수 없었다.

때맞추어 신행단체인 연꽃모임 우리 형님반 열 명이 넘는 반원을 불러모아 넓은 거실문 활짝 열고 화문석 자리 깔고 옛 조상님들이 쓰시던 어마어마하게 큰 윤기가 나는 떡안반을 앉은뱅이 상으로 초밥에 심의고명도 다양한 김밥을 노리다게 타원형 큰 쟁반에 예쁘게 쌓아놓고 맛있게 끓인 계란 유부국으로 드라마 속처럼 멋스럽게 둘러앉아 맛을 즐기던 옛이 옛이 아닌 꿈속 같은 지난 시절은 마치 동화 속 이야기 전설 같은 이야기 같기만 하다

가장 품위 있는 큰 경주분을 골라 심은 둥치가 큰 홍등분재는 꽃 중에 꽃이란 말이 있듯이 수많은 분 중에서도 마치 어리광을 부리는 듯한 가장 큰 사랑받이였다. 건강한 모습으로 백여 송이의 홍보라꽃을 피워 주렁주렁 달고 있을 그때 마침 도반이 와서 보고 깜짝 놀라며 호텔 로비에 있어야 할 작품이 사층 안마당이 웬 말이냐 하며 고성 찬사를 보내기도 했었다.

그 후 다시 도반들을 모았을 땐 색상도 다양하게 열 가지가 넘는 갖가지 나물을 모은 비빔밥 보기만 해도 침이 삼켜지는 흉내 내기 어려운 그 맛과 멋으로 박수갈채의 찬사를 받으며 신나던 시절 맛을 멋으로 멋을 맛으로 정성을 쏟아부었던 나의 젊은 시절이 지금은 오간 데 없이 흰머리 깊은 주름살에 저승꽃 등 골고루 갖춘 늙은이로 제몸 가누기도 힘드는 노파가 되었으니 인생 일장춘몽일세

아들 결혼 시키고 나면 며늘애기 힘들고 시어미 주책이지 않으려 나의 전성기를 잡은 일들이었다.

눈치 채면 다 벗어놓고 왁자지껄 떠들어대며 모두들 즐거운 모습으로 짝지어 사진 찍고 깔깔 웃음 터뜨리며 재미있고도 행복했던 시절이 아마 사십대 중반쯤일 것인즉 흐려진 기억을 더듬기도 만만치 않다.

어느 해 가을 주황색 큰 주먹만한 유자가 서른세 개 작은 주먹만한 밀감이 백열한 개 그 해의 결실은 대단한 놀라움이 아닐 수 없었다. 정말 볼만한 작품이었다. 두 큰 분에 몇 사람이 매달려 거실에 들여놓으니 그 키가 천장에 닿을 듯 했으며 작은

분에도 단풍이 들어 그 모습도 앙증맞게 아름다웠다. 예쁜 분을 골라 들여놓고 실내의 긴 가을을 즐기는 기쁨도 행복의 한 부분이었다.

꽃 키우기를 즐겨했던 우리 부부는 빈 시간이면 늘 앞마당에서 살 듯이 했다. 어떤 때는 전깃불 아래서 분갈이도 하고 거름 주는 작업을 하기도 했었고 예쁘게 가위질 하여 다듬기도 하고 물 주고 잡초도 뽑아주며 부지런을 떨지 않으면 그들의 사랑을 받을 수도 사랑을 줄 수도 없는 것이기 때문이다.

거실에서 밖을 내다보기만 해도 가슴이 탁 트이던 우리 앞마당 나에겐 이런 삶이 보석보다 더 소중한 삶의 부분이었으며 즐거움이었다.

그 세월도 훌쩍 지나고 오십대 중반에 암으로 그이를 보내고 하늘이 무너지는 듯 했지만 어쩐지 신심이 멈추지 않고 그 하늘을 떠받칠 수 있었으나 그 신심이 해결할 일이 아닌 불운이 닥쳐 만만고통을 겪으면서 극복할 수 있었던 그것이 나의 신심이었었다. 나에게 유익하지 않아도 꼭 해야 할 일은 주저하지 않고 해냈듯이 후반생 나의 정진의 끈 역시 장강줄기처럼 끊이지 않고 이어진 것이다.

200

위의 삶이 형상 속 삶의 나의 전성기였다면 지금은
실상 속 삶이 마땅하리니 절집 공동체의 기도와 정
진을 떠나서 나 스스로 이름 지어 행한 정진들을
기억나는 대로 불러 모아 보리라

하나, 새벽 예불 사십사년째(지금도 계속)
하나, 부처님 오신 달 만배를 칠년간 회향
하나, 삼복지간 스무하루정진 칠년간 회향(하루 열
시간)
하나, 감로사 삼천불전에서 도반 없이 삼천배 서른
세 번
하나, 범어사 대웅전에 철야정진 삼천배(무수히)

하나, 자비도량참법 삼년서원 백팔 번을 육개월 앞
당겨 회향
하나, 육십년 초반에 나온 해안스님『금강경 강의』
그 책에 실린 금강경을 책이 낡아지도록 독경
하나, 일일칠독 금강경 사년간 일만독 회향
하나, 봉정암 사리탑전에서 금강경 백팔독 회향

하나, 통도사 사리탑전에서 금강경 백팔독 회향(정우 주지스님 때 사리탑 개방)(3일간 매 7시간씩)

하나, 통도사 사리탑전에서 처음 앉은 자리 뜨지 않고 천팔십 다라니 회향
하나, 통도사 탑전에서 매월 삼일씩 칠개월간 이십일일 정진 회향(정진에 따라 3~5시간)
하나, 그때마다 육십기 부도를 세 번 돌면서 미타정근
하나, 회향날엔 부도 앞길에서 사리탑까지 삼보일배로 갔음
하나, 사대보궁 스물한 번 참배

하나, 봉정암 참배 스물네 차례(설악산 상하행 마흔여덟 번)
하나, 사박오일 오대보궁 참배 차 광명진언 칠만번(오가는 길목에서까지)
하나, 일만부처님 명호경으로 이레에 만배씩 일흔날 십만배 회향
하나, 날마다 일만부처님 불러 열흘에 십만부처님 불러 회향
하나, 신년맞이 토함산상에서 심야타종 석굴새벽예불 새해일출 불국사 사시 예불(큰 서원으로 연속

삼년)

하나, 군법당 지원 회원 모으기 삼칠일 정진

하나, 서른여섯 명 회원 모아 삼십육개월 간 세 군법당에 각 삼십만 원씩 지원함(군승단에 의뢰하여 가장 열악한 세 군법당)

하나, 군승단 창립 삼십주년 기념행사에 초대되어 다녀옴(백만 원 이백만 원 두 차례 희사금 전달)

하나, 동갑내기 두 도반과 곳곳에 방석 불사 천여 장

하나, 정토법당 해외 구제품 모으기에 동참(이고 들고 모아 손질한 것이 한 방 가득 박스에 담아 봉고 세 차분)

하나, 군법당 지원 회원 그 가정마다 평온하기를 회향 때까지 새벽 예불에서 발원함

하나, 서울 정토법당 이만사천 시간 연속 정진 때 동참(동·하계 모아 스무여드레 하루 십여 시간 신심을 쏟아부었음)

하나, 천일이 끝날 무렵 동래법당을 오가면서 삼칠일간 찬조 정진으로 심야 세 시간(11~2시까지) 세찬 겨울 밤바람을 이기고 신나는 행이었다.

하나, 해운대 정토법당 방석 불사에 인력보시 십일일 간(이른 시간부터 늦은 시간까지 최선을 다한 약한 팔이 너무 아파 새벽 예불에서 엎드려 울었던 일도 있

었다. 매사에 시작이면 최선을 다함 때문이다.)

하나, 버스 안에서 성철스님 입적 소식을 듣고 그 날로 대웅전에서 삼천배를 하고, 다비식 전날 해인 사로 갔다. 근엄한 영결식 영전에서 새벽비를 맞으 며 밤을 새워 삼천배를 하고 주워 씻은 스티로폼 조각을 다비장 비탈진 진흙땅에 깔고 마지막 칠백 배를 올렸다.

하나, 신행단체 따라 건봉사 보궁에서 독히 삼천배

하나, 역시 따라 나선 걸음 중대 보궁에서도 개인 으로 삼천배

하나, 범어사 스님네 부도에서 법화경 완독

하나, 지하철에서 범어사까지 상하행 도보를 스물 한 번(묵언목걸이 걸고)(대웅전에 백팔배 스님네 부도 삼십기 세 번 돌고)

하나, 응석사에서 펴낸 종이도 인쇄도 지금에 못 미치는 원문과 해석이 함께 있는 두께가 엄청난 백 년이 넘은 골동품 같은 묘법연화경 뒤편에는 연비 한 여러 손이 찍힌 법화경전을 세 번 읽고 법화경 판을 모신 보탑사에 모셔다 드림

하나, 부처님전에 공양미 세 되씩 이백 회(열두 가 마니) 서원으로 제주도 중국 당일 행이 아닌 곳은 두 부처님전 몫으로 짊어지고 열심히도 다녔었다.

하나, 아이엠에프 적신호로 모 사찰 법당 불사에 아무런 여력이 없어져서 한 구좌 십만원 백 구좌 모금으로 대신 불사를 하였음

하나, 감로사 마애삼존불 점안 삼일째부터 삼일 간 단식 법화경 삼독

하나, 각원사 아미타 대불전에 천팔십 절을 하고 부처님을 백여덟 번 돌 때 마지막 분은 일보일배로 철야 정진

하나, 역시 대불전에 아미타경 백여덟 독경(도반 없이)

하나, 다시 대불전에서 십만 미타정근 두 차례 철야 정진(오후부터 시작)(잠깐 잠깐 쉬는 시간 빼고 열다섯 시간)

하나, 만행길 일천 오백리 열이틀 간(통도사에서 금강산 건봉사 화암사까지)

하나, 지송한글 화엄경 해주스님 번역편 백여덟독 두 번 읽음

하나, 무비스님 번역편 화엄경 세 번 읽음

하나, 법화경 도림스님 번역편 백팔독경 두 번

하나, 법화경 지광스님 번역편 이백열 번 읽음

하나, 지장경 원문 번역편 수천독(지금도 읽음)

하나, 아미타경 원문 번역편 수천독(지금도 읽음)

하나, 법화경 사경은 세 번 밖에 못해서 조금은 아쉬움

하나, 군법당 지원 회향으로 향수림 향과 넉넉하게 오대보궁 부처님전에 불전을 올려드림

하나, 선재도반이 보내준 찹쌀 두 섬 세 되씩 나누어 담아 행복한 고행 책이랑 삼보종찰을 포함한 칠대도량 부처님전에 올려드림(신나게 업고 안고 다니면서 올려드렸지요)

하나, 그림자와 둘이서 건봉사 행. 오천배 하고 단독 사리친견까지 했답니다.

하나, 다들 가시고 친정어머니 한분 윤달예수재에 입재 후 만배를 했었다(편히 계시다 편히 가시기를 기원하면서).

하나, 홍법사 사리 모시고 난 뒤 참배객이 한산함이 몹시 아쉬워 도반들 십여 명을 모아 삼칠일 철야 정진(오후 9시에서 새벽예불까지)

하나, 홍법사 대불전에서 진종일 아미타경 백팔독경(세 도반과)

하나, 역시 대불전에서 십만 정근(사시에서 익일 일출 때까지. 한분 도반과)

하나, 큰부처님 백여덟 번 돌면서 마지막 분은 일보일배로 철야 정진(도반들 모아)

하나, 도반들 모아 큰스님 모시고 인도성지 알찬 순례 다녀옴

하나, 다시 도반들 모아 중국 사대불산 보타산 해재사 삼보일배로 도착. 때에 저녁 예불시간. 수많은 대중 스님들을 뵐 수 있었음

하나, 아미산은 비오는 날이었었는데 상봉 금정에 오르니 햇빛이 쨍쨍 일행들이 감격하여 서로 끌어안으며 환희의 눈물이 글썽거렸다. (높이 3,090미터)

하나, 보탑사 법보전에서 연속 삼일 법화경 강독 (전국의 도반들과 함께)

하나, 홍법사 삼천 아미타 부처님 전에서 삼만 정근 삼일 간(모아 구만 정근 도반 없이)

하나, 다라니 정진도량 휴휴암에서 삼천삼백다라니 서원이 오천다라니에 육박함

하나, 칠월 팔월 구월 십일마다 삼천부처님 전 삼천 정근을 하고 한층 올라가서 큰부처님 일보일배로 돌고서 생의 대장막을 내렸다(도반 없이).

하나, 이젠 내 앉은 자리에서 긴 안거에 든 듯한 정진이 계속되고 있다

201

위의 온갖 방편을 넘고 건너서 온 길
내 난행고행의 방편으로 인해
육신도 마음도 닳아 구멍나지 않았다

방편없이 신심없고
신심없이 방편없나니

방편 곧 복덕과 지혜의 지름길인
행운으로 가는 길잡이인 것이다

바늘과 실처럼
갈라놓을 수 없는 하나인 것이므로

방편 역시 불법의 소중한
진수임을 알고 믿고 행할지다

중생심에서 방편없이
광대한 신심이 발하기까지는
아득히 멀고 먼 길이기에

방편을 딛고 행할지어다

선근이 익어가면
합장 고개 숙임이 따라 익어
목에 힘 어깨 힘 주던 아상이
따라 고개 숙여 지나니

점점 나 없는 나가 되어가면서
마땅히 육근이 육진경계를 여의므로
모두들 보배로운 나날이 되면서
구함이 없는 삶이 누려지리다

202

천구백 육십년대 중반에
해안스님 금강경 강의 말씀 중

수미산 그 높이와 넓이가
삼백삼십육만리란 말씀 따라

내 사십 수년간 한눈 팔지 않고
숨가쁘게 쫓아온 방편의 길을

지금 다시 왜 수미산에
비유하고 싶을까 욕심도 크죠

최종 대 방편으로
앞의 것 뒤의 것을 함께 모아

삼천만 미타정근과
백만 신묘대다라니로 오늘을 가고 있다

마하반야바라밀

원고를 띄워 보내고 난 뒤 다시 올리는 글입니다.

내생에 걸린 줄조차 모르고
걸렸던 착이
마치 안개가 걷히듯이
스스로 내려앉으며
더더욱 편안해진 마음이
흥얼거리는 소리

극락에 가도 좋고 못가도 좋고
다시 태어나도 좋고 태어나지 않아도 좋고

이런 대목으로 나도 모르게 새어나온
급변한 이 마음을 뉘 아랴?

조용히 지은 대로
업 따라 가리라

일진행 |

1936년에 태어나 30대 후반 긴가민가했었던 그 마음이 40대 초반(1976년)에 들어서면서 신발 끈 졸라매고 불가佛家에 뛰어들어, 접었다 폈다 백 손가락으로도 모자랄 난행고행의 정진으로 육바라밀행에도 인색하지 않았던 그가 좇아온 길, 어느새 40년이 넘었다.

그간 어느 하루 소홀히 하지 않았던 끈질긴 신행으로 쌓은 지난날이, 2008년부터 매년 마음의 결정체인 열 권의 이야기로 나왔다. 첫 번째 『행복한 고행』, 두 번째 『허공 속의 무영탑』, 세 번째 『내 마음속 영산회상』, 네 번째 『사바는 연꽃 세상』, 다섯 번째 『행복한 황혼길』, 여섯 번째 『아름다운 일몰』, 일곱 번째 『걸음걸음 가볍게』, 여덟 번째 『내생으로 가는 길』, 아홉 번째 『내 안에 무한을』, 열 번째 『다시 태어남으로』에 이어서 이번 이야기로 열한 번째 『주섬주섬 주워 담은 이야기』에 이르기까지 후반생 동안 굴하지 않았던 사십성상이 고스란히 실려 있다. 그 속에서 항상 충만한 행복을 약속하는 삶을 누리고 나누며, 끊임없는 정진을 내생으로 이어가고 있다.

주섬주섬 주워 담은 이야기

초판 1쇄 인쇄 2019년 4월 26일 | 초판 1쇄 발행 2019년 5월 3일
지은이 일진행 | 펴낸이 김시열
펴낸곳 도서출판 운주사

(02832) 서울 성북구 동소문로 67-1 성심빌딩 3층

전화 (02) 926-8361 | 팩스 0505-115-8361

ISBN 978-89-5746-546-2 03810   값 12,000원

http://cafe.daum.net/unjubooks 〈다음카페: 도서출판 운주사〉